LA NAISSANCE ET LE BAPTÊME

DU

PRINCE IMPÉRIAL,

LA PENSÉE,

LA GUERRE D'ORIENT,

ET LA PAIX,

ODES

Précédées d'une lettre de félicitation au nom de l'Empereur,

Et suivies d'une Epître à S. M. Napoléon III.

Par A.-F. GÉRARD.

VITRY,

Imprimerie et Librairie de F.-V. Bitsch.

—

1856.

LA NAISSANCE ET LE BAPTÊME

DU

PRINCE IMPÉRIAL,

LA PENSÉE,

LA GUERRE D'ORIENT,

ET LA PAIX,

ODES

Précédées d'une lettre de félicitation au nom de l'Empereur,

Et suivies d'une Epître à S. M. Napoléon III.

Par A.-F. GÉRARD.

VITRY,

Imprimerie et Librairie de F.-V. Bitsch.

—

1856.

MAISON
DE
L'EMPEREUR.

———

BIBLIOTHÈQUE,
Sciences, Beaux-Arts,
LITTÉRATURE.

Palais de l'Elysée, le 28 mars 1853.

MONSIEUR,

J'ai placé, dès qu'ils me sont parvenus, vos vers sous les yeux de Sa Majesté Impériale, et je sais qu'Elle n'est pas moins touchée de votre poétique souvenir que de voir le talent saluer son avènement. Tous les dévouements lui sont chers, et vous avez su lui prouver, d'une manière éloquente, que le vôtre est de ceux sur lesquels Elle peut compter. Je me félicite d'avoir à vous en assurer au nom même de l'Empereur, et de joindre aux remerciements qui vous sont dûs les éloges que vous méritez.

Recevez, Monsieur, l'assurance de ma parfaite considération.

J. LE FÈVRE DEUMIER.

NAISSANCE

DU

PRINCE IMPÉRIAL

Eugène-Louis-NAPOLEON-Jean-Joseph,

Enfant de France.

———

> Saluons donc ce fils de l'Empire, gage
> de si grands destins.
>
> (*Discours du Sénat.*)

ODE.

Tout rayonne d'allégresse
A la nouvelle du jour !
La France, ivre de tendresse ,
Epanche en paix son amour !
O famille Impériale !
De ta couche nuptiale
Naît le salut ! ô bonheur !
Gloire à Dieu, car sa justice
A béni l'Impératrice
Et les vœux de l'Empereur !

O satisfaction ! ô plaisir ! ô victoire !
Il est né, l'héritier d'un trône glorieux !
Et ce fils, couronné de splendeur et de gloire,
     A pris naissance sous les yeux
Des ministres venus de la cour de Russie,
     Accepter la suprématie,

Du règne de Napoléon !
Salut nouvel espoir, d'une famille illustre !
Et dont la France attend son bonheur et son lustre,
  S'agrandissant à l'horizon.

    Et les cloches solennelles
    Font monter au ciel leur son !
    Des Français les mains fidèles
    Font retentir le canon.
    Ce bruit, cher à nos oreilles,
    Nous rappelle les merveilles
    D'éclatants et beaux succès !
    Mais aujourd'hui leur tonnerre
    Annonce à toute la terre
    La naissance d'un Français !

Eh! quel est donc son titre : Est-ce un enfant de France?
Oui, c'est la volonté, le vœu de l'Empereur !
Car à ce titre est joint la sublime espérance,
    Du courage et de la valeur !
C'est la foi du soldat ! ô qu'elle soit la tienne,
    Et qu'à ton cœur elle appartienne,
    C'est l'éloge de ton rang ;
Tes illustres aïeux, auxquels on rend hommage,
La reçurent du ciel, en surent faire usage,
    Et tu la suças dans leur sang.

    Salut ! ô brillante aurore
    Qui ranime le flambeau !

Et l'horizon se colore
Du plus suave tableau !
Il rayonne sur la terre
Et des clartés de sa sphère
Il vient dessiller nos yeux;
L'avenir lève son voile ;
On voit une heureuse étoile
De plus resplendir aux cieux !

C'est Dieu qui l'a créée et qui l'a fait paraître :
Dans un air pur et doux qu'il dirige ses pas.
Vis, pour nous gouverner, enfant qui viens de naître,
Ton grand-oncle te tend les bras !
Il t'envoit les rayons de son génie auguste ;
Tel un grand arbre sur l'arbuste
Etend ses rameaux protecteurs ;
Il grandit à l'abri du bienfaisant ombrage ;
Tel, d'un pareil bienfait tu sauras faire usage,
Tu le reçois de tes auteurs !

Et par ta mère charmante
Tu connaîtras la vertu ;
Sa douceur, son âme aimante
T'en ont déjà revêtu !
Du cœur de l'Impératrice
Le bon Dieu, dans sa justice,
Te donnera la bonté,
Qu'il faut avoir à la place

Qu'occupe ta noble race,
Au rang de la royauté !

Vis, pour apprécier les bienfaits de ton père !
Pour honorer son trône et pour le soutenir !
Vis, pour tous les Français et pour ta tendre mère,
Pour la France dans l'avenir !
Jamais PRINCE est-il né , sous de meilleurs auspices,
Pour recueillir les bénéfices
D'un ancêtre laborieux ?
Jamais, dans l'univers de pareils assemblages
N'ont, d'un enfantement, donné de tels présages
De la protection des cieux !

Vois, ta sublime auréole
Ceignant ton front de lauriers ;
Vois, ta fière aigle qui vole,
Conduite par des guerriers,
Chez tous les peuples du monde !
Vois, leur phalange féconde
Gagner de brillants combats :
Tout te prépare le titre
Où tu dois être l'arbitre,
Et le chef des grands Etats !

Vis pour guider l'essor de l'œuvre Impériale,
Pour chasser l'anarchie et donner le bonheur !
Vis, pour les tiens aussi d'amitié filiale,
Et pour être NOTRE EMPEREUR !

Peuple, soldats, héros, de l'enfant de l'Empire,
Accuillez le premier sourire !
Saluez les succès divers
De l'élu désiré, de l'appui de la France,
Donné par l'Eternel, pour notre récompense
Après tant d'horribles revers.

Que ton aimable patrie
Ne craigne plus le discord ;
Que chez elle l'Industrie
S'abrite en ton noble port ;
Il n'est plus de noirs orages !
Sont disparus les nuages
Qui restaient encore aux cieux :
Que l'atmosphère sereine,
A ton ère souveraine,
Donne un pouvoir glorieux !

Saint-Vrain, le 23 mars 1856.

A.-F. Gérard.

BAPTEME

PRINCE IMPÉRIAL.

ODE.

I.

Encore un chant, ô ma lyre !
Pour chanter notre bonheur ;
Un hymne dans mon délire,
Pour le fils de l'Empereur !

Oui, l'on se disait, naguère,
Les derniers temps sont venus ;
Dieu nous laisse en sa colère
Dans des chemins inconnus,
Il veut que chaque puissance
En proie à l'effervescence,
De maints périls à la fois
Tombent dans le précipice,
Et que vainqueur soit le vice,
Méprisant le joug des lois.

Mais on aperçoit un guide,
Tel qu'un second Rédempteur ;
L'un disait, c'est un perfide,
L'autre un ange protecteur ;
C'est un envoyé céleste,
Que le dieu du mal déteste

En ses vicieux penchants,
C'est un bienfaisant génie
Une âme par Dieu bénie
Que je célèbre en mes chants.

Et tous les partis s'apaisent
Sous son splendide drapeau,
Les haines même se taisent,
Car elles manquent d'appeau ;
Et le venin du reptile,
Qui grince la dent subtile,
Voit les émeutes finir ;
Il voit le temps qui s'écoule
Et son trône qui s'écroule
A jamais dans l'avenir.

II.

Encore un chant, ô ma lyre !
Pour chanter notre bonheur ;
Un hymne dans mon délire,
Pour le fils de l'Empereur !

Voici ce qu'en tous temps a prédit le prophète :
Pauvre, élève ton cœur, riche courbe ta tête
         Devant le Roi des Cieux :
Empereurs, Potentats, vous maîtres de la terre,
Si vous voulez de Dieu prévenir la colère,
         Soyez sages, pieux.

C'est ainsi que David, révérant l'arche sainte,
Par ses nobles vertus exempt de toute crainte
   Précéda Salomon.
C'est ainsi que César sut, en chassant le crime,
Racheter ses erreurs, devenir magnanime,
   Eterniser son nom.

C'est ainsi qu'aujourd'hui, noble enfant de l'Eglise,
Du plus grand potentat le cœur avec franchise ,
   Au Très-Haut, se soumet.
C'est ainsi que son fils, entrant dans la carrière,
Va devenir soldat sous sa sainte bannière,
   Et fidèle sujet.

Leur nom seul, entouré d'un précieux prestige,
Conservant les vertus qu'il reçut de sa tige
   A ramené l'espoir
De maintenir l'accord dans les champs, dans les villes;
De toucher chaque jour à d'autres jours tranquilles,
   Le matin et le soir.

III.

  Encore un chant, ô ma lyre!
  Pour chanter notre bonheur ;
  Un hymne dans mon délire,
  Pour le fils de l'Empereur !

  Et voilà que dans le temple,
  Ainsi qu'un humble mortel,

Cet enfant que l'on contemple
Attend au pied de l'autel,
Un don saint, un nouveau lustre ;
Gage sacré, titre illustre
Qui rendent parfait chrétien,
Sans lequel un diadème,
Ici-bas bandeau suprême,
Prés de Jésus-Christ n'est rien.

Bientôt cet enfant débile,
Que l'on soutient dans ses bras,
Va, membre de l'Evangile,
En savourer les appas ;
Garanti par le Saint-Père,
La voix de Dieu sur la terre
Le guide au sacré parvis ;
C'est un précieux hommage,
Pour le Très-Haut un saint gage,
Dont les esprits sont ravis.

Que l'eau sainte du baptême
En fasse un sujet pieux,
Avant que le diadème
Ne ceigne son front heureux !
Oh ! Oui, que cette eau lustrale,
De son âme virginale
Soit le soutien et l'appui !
Dieu ! qu'il marche dans ta voie,

En goûtant la sainte joie,
Que l'on espère de lui !

O Jésus, au doux sourire !
De fleurs orne son chemin,
Daigne protéger l'empire
Qu'il recevra de ta main.
O bienheureuse Marie !
Vierge aimable, fruit de vie,
De ce bien-aimé mortel
Protège la noble race ;
Que, secondé par ta grâce,
Il règne par l'Eternel !

Encore un chant, ô ma lyre !
Pour chanter notre bonheur ;
Un hymne dans mon délire,
Pour le fils de l'Empereur !

12 mai 1856.

A.-F. GÉRARD.

LA GUERRE D'ORIENT.

Reprenez, ô Français, votre gloire usurpée.
                    VICTOR HUGO.
Mais on dit que l'Empire au Cosaque est vendu?
Non jamais !!!
                    A.-F. Gérard à Louis-Napoléon.
                              1852.

ODE.

I.

Venez inspirer ma lyre
Et seconder mes accords ,
Car la joie et le délire
Emeuvent tous mes transports :
Venez, Nymphes du Permesse
Me guider dans mon ivresse,
Et conduire au Panthéon ,
A ce Temple de Mémoire,
Les soldats de notre gloire,
Le nom de Napoléon.

Oh ! quelle douce espérance,
Et quelle noble fierté
Inspirent toujours la France,
Au nom de l'humanité !
Mais, ô bonheur ! ô surprise !
Sur les bords de la Tamise

Les braves fils d'Albion
Se joignent à notre cause ;
Avec nous l'Anglais s'oppose,
Czar, à ton ambition.

Au Français tout est possible,
Respectant le doigt de Dieu.
Sur le roc inaccessible
Sur les ondes en tout lieu,
On voit ses nobles phalanges,
Comme une cohorte d'anges,
Protéger les nations ;
Dans les plaines de la Thrace
Comme au sommet du Parnasse,
Par de belles actions.

Tu cherches le grandiose
Peuple fort et généreux :
Tu ne veux que grande chose
Un avenir glorieux ;
Va, sur cette terre immense
Faire éprouver ta puissance,
Le zèle de tes soldats ;
Leur dévouement magnanime
Et leur honte pour le crime
Auront de beaux résultats.

Va de ce pays classique
Imiter tous les héros,

Enfants de la Grèce antique
Des rivages de Paros ;
Là, combattit Alexandre,
Philippe et le fier Lysandre,
Le juste Epaminondas ;
Timoléon, Thémistocle
Et le savant Empédocle,
Le Sparte Léonidas.

Tout respire en ces contrées
Mille immortelles grandeurs ,
De mémoires révérées
Brillent encor les splendeurs ;
Que d'héroïques courages
Défendirent ces parages ,
Contre le rapt et le dol ;
Toi Français, le sacrifice
Se fait pour rendre justice,
Pour dompter Sébastopol.

C'est là qu'un fier autocrate
Ose braver les humains ;
C'est là que son âme ingrate
Songe emprisonner leurs mains ;
Elle dit : l'Europe entière
Ne peut de ce lieu de pierre
Faire sortir mes drapeaux ;
C'est un asile solide,

Qui rit de son plan rigide
Et de ses mille vaisseaux.

J'attendrai, quoi qu'elle fasse,
Dans ces murailles de fer,
Et l'on verra son audace
Précipitée à la mer ;
Je t'en atteste, ô saint Serge,
Toi, pour qui brûle le cierge
Dans le temple d'Odessa ;
Anime le cœur du Russe,
Son orgueil et mon astuce
Que le Français dénonça.

Je compte sur ma puissauce
Sur un pouvoir absolu,
Et sur un Etat immense
A s'agrandir résolu ;
Maître sur terre et sur l'onde,
J'ai sous moi moitié du monde ;
Qu'ai-je à craindre? Je puis tout !
L'Autriche qui sous moi tremble,
L'Allemagne sans ensemble ;
Craint et révéré partout.

Je veux surpasser la gloire
Du plus noble conquérant,
Et je veux qu'un jour l'histoire
Dise que seul je fus grand ;

Je veux agrandir l'Empire
Où je commande ; et puis dire :
Courbez vos fronts ou les fers :
Surpassant l'ère Romaine,
La France républicaine,
Je veux mener l'univers.

II.

Autocrate orgueilleux, courbe ta tête altière !
Les enfants de Neptune ont relevé le gant ;
Et déjà sur l'Euxin, leur phalange guerrière
    A pu rétablir le Croissant.
As-tu donc jamais lu, dans un livre superbe,
    Que les divines lois du Verbe
    Puissent permettre à ton pouvoir
De fouler à tes pieds les têtes couronnées,
De l'immense univers jouer les destinées
    Ainsi faillir à ton devoir ?

Des plaines d'Occident vois voler les Alcides
Eole protégeant leurs énormes vaisseaux,
Et le Dieu du Trident, les fières Néréides
    Retenant la fureur des eaux.
Czar, en vain tu pensais déjouer l'alliance
    Qui, bientôt par sa force immense,
    Pourra te dicter une loi
Digne de sa grandeur, digne du sacrifice,
Qu'elle aura faite alors pour obtenir justice
    D'un ambitieux tel que toi.

Et déjà tu palis, tu veux lâcher ta proie,
Espérant désarmer une haine d'amour ;
Tu t'empares du faible et le mords avec joie :
　　　Peut-on pardonner au vautour ?
Non, non, car les vaisseaux qui voguent sur ton onde,
　　　Qui sillonnent ta mer profonde
　　　Marchent pour visiter tes ports ;
Qu'ils gouvernent tes eaux, qu'ils gardent tes parages,
Qu'ils prennent tes vapeurs ancrés sur tes rivages,
　　　Jusque sous le feu de tes forts.

Oui, soldats ! un devoir est remis à vos forces,
Un géant a levé l'étendard redouté
Marchez, n'écoutez point les trompeuses amorces
　　　De cet Aristarque irrité :
Il faut le refouler dans ses propres limites,
　　　Et de ses actes insolites
　　　Prévenir jusque le retour ;
Affranchissez l'Euxin et l'Europe et Byzance ;
Soldats ! courez, frappez pour notre indépendance,
　　　Pour défendre notre séjour.

III.

　　　Quant un jour, voguant sur l'onde,
　　　On vit partir nos héros ;
　　　Une tristesse profonde
　　　Assombrit bien des repos ;
　　　Mais aujourd'hui que l'armée
　　　S'immortalise en Crimée,

Par de généreux efforts,
Les cœurs tressaillent de joie
Voyant la nouvelle Troie
Contrainte quitter ses forts.

Sur ce groupe de murailles
Que l'on ne peut investir,
Où les fruits de cent batailles
Pourraient fort bien s'engloutir ;
O France! où va ton génie,
Combattre la tyrannie
Qu'on exerce dans ce lieu?
C'est là que donnant la lutte,
Tu veux qu'un peuple exécute
Ou les traités ou le feu.

Mais déjà sur la Baltique
Baraguay prend Bomarsund ;
Et le glaçon antarctique
Lui fait repasser le Sund.
Sitôt une autre victoire
Vient augmenter notre gloire
Encourager nos soldats,
Saint-Arnaud livre bataille,
De toutes parts la mitraille
Fait sentir ses résultats.

Cependant l'effroi redouble
Au quartier de Menschikoff,

Le Russe abattu se trouble
Voyant tomber Horganoff;
Le feu porte l'épouvante
Dans leur colonne tremblante,
Et la peur gagnant leurs rangs
Vient ébranler leur courage,
Aux vainqueurs livre passage
Poursuivant leurs combattants.

Saint-Arnaud, cette victoire
Est le prélude de ta fin;
Ton nom vivra dans l'histoire
Et la mort est dans ton sein;
Va, dans cet élan sublime
Tu te montras magnanime,
Et Bosquet et Canrobert,
Thomas, Trognon et De Sparre,
Virent le talent si rare,
Qu'aujourd'hui la France perd.

Des Cosaques la déroute
Anime les alliés,
Qui ne trouvent sur leur route
Que pays incendiés;
Et cependant l'abondance,
Que leur entretient la France
Dans ce climat éloigné,
Va permettre à leur armée
De séjourner en Crimée
Au lieu qu'elle a désigné.

IV.

Ah! soldats généreux, c'est là qu'est la grande œuvre :
Chacun de vous, ici, doit égaler son Dieu,
En courage, en vertu, comme en audace à l'œuvre
     A ce prix vous prendrez ce lieu,
Que le Russe possède et qu'il croit imprenable :
       Oui, cette place formidable,
       Dont vos rangs occupent le sol,
L'appui du Souverain que le Cosaque admire
L'un des points importants de ce puissant Empire
       Ce terrible Sébastopol !

Ce lieu de toutes parts formé par la nature,
Comme un point dont les dieux auraient dû profiter
Lorsque chassé du ciel errant à l'aventure,
       O terre, ils vinrent t'habiter !
Ce que dans leur orgueil peut-être ils méprisèrent,
       Des Tartares le devinèrent ;
       Et de cette position
Menaçant de leur force et la mer et la terre,
Ils pouvaient commander l'un et l'autre hémisphère,
       Grandir leur domination.

Mais vous saurez, héros d'Albion et de France,
Vaincre Sébastopol, renverser ses remparts ;
Vous saurez sur les forts qui forment sa puissance
       Planter vos nobles étendards :

Déjà vos généraux ont évanté leur poudre
  Et de Jupin lançant la foudre
  Sur le foyer de ces Titans,
Ils virent à quel point pouvait la résistance
Compromettre la prise et même l'existence
  Des invincibles combattants.

D'un et d'autre côté s'efforce le génie
Non de simples mortels, mais de cent demi-dieux.
Pour briser les efforts et la puissance unie
  De l'art existant sous les cieux.
Ici, c'est le canon qui seconde la balle,
  La bombe à fusée infernale
  Que Satan fit dans les enfers ;
Là, gronde le salpêtre, éclate la mitraille
Qui jonchent de mourants les endroits de bataille,
  Au lieu de camps font des déserts.

D'un côté c'est le flux poussé par la tempête,
Et qu'un souffle puissant excite avec ardeur ;
De l'autre c'est la digue immense et toujours prête
  A résister à la fureur
Des funestes efforts des flots qui, sur la plage,
  Portent la mort et le ravage.
  Ainsi l'ennemi, resserré,
Etreint de plus en plus dans ses places réduites,
Pousse en vain son armée à franchir les limites
  Dont il est par force entouré.

C'est ainsi qu'on a vu ses nombreuses cohortes,
Descendre pour subir les pertes d'Inkermann ;
Les assiégés sortir, franchir au loin les portes,
    Guidés par Chrouleff, Zimmermann ;
Mais Canrobert est là, les soldats de la France
    Sous ces ordres pleins d'espérance,
    Secoure les héros de Raglan.
On vit le Russe en feu dans sa fureur sauvage,
Frapper sur des blessés, tombés par leur courage,
    Par leur bravoure et leur élan.

Et tu voulus encor tenter une autre chance
C'est au pont de Tractyr que tu vins échouer
Jour néfaste pour toi Russe, car l'espérance
    En ce jour osât te jouer.
Ah ! que pourrait le nombre et tous tes satellites
    Contre les phalanges d'élites,
    Héros de quatre nations,
Tes soldats cependant se montrent toujours braves,
Ils méritent bien plus que d'être tes esclaves
    Mieux que d'être tes champions.

V.

    Toi, qui d'une injuste cause,
    Sert à défendre les torts,
Ville, c'est par toi qu'on s'oppose
A rétablir de bons rapports ;

Ta flotte empêche l'harmonie
Dont l'Europe longtemps unie
Goûtait les douceurs de la paix :
Il faut que ta célèbre chute
Malgré ta force s'exécute
Pour ramener tous ces bienfaits.

Comment dompter ta puissance
Ce chef-d'œuvre naturel,
Que fortifia la science,
Les soins d'un pouvoir paternel ;
Cependant tu te vois frappées
Par des forces vers toi campées
Qui, chaque jour, battent tes flancs;
Vos coups vous rendent mémorables
Et de vos tirs épouvantables
Jour et nuit vous frappez vos rangs.

Pour qui sera la victoire
Et les honneurs du repos ?
Tous deux vous vous couvrez de gloire
Par la valeur de vos héros ;
Partout de vaillants Cynégires
Meurent illustrant vos Empires.
Seulement une diversité
Paraît excitant le courage,
Ici c'est la guerre sauvage,
Là celle de l'humanité.

Mais partout brûle la poudre,
    Partout vole le boulet,
Et Jupiter lançant la foudre
Ne fit jamais autant d'effet ;
Dans cet effort incomparable
D'une lutte à nulle semblable,
Peut-être on l'aurait vu céder :
Et pourtant nul ne veut se rendre
A tous prix voulant se défendre,
A tous prix voulant posséder.

    On vit deux fois sous la ligne
    Phébus changer ses rayons,
Son lever courut chaque signe
Hormis celui des Alcyons ;
Et chaque jour nouvelle peine,
Dieu, dans cette attaque incertaine,
A voulu que dans les deux camps,
Des héros l'ardeur incroyable
Surpasse tout ce que la fable
Nous raconte de ces géants.

    Cependant tes forteresses
    Et tes gigantesques tours
Souffrent déjà mille détresses,
Du tir qui frappe leurs contours ;
Ton général dont la vaillance
Surpasse encore la science,

Tremble, en voyant tout s'ébranler ;
Il voit la perte d'Islomine,
La ville tomber en ruine,
Tous les bastions s'écrouler.

Et l'heure suprême arrive
Malgré six mille volcans,
Qu'une garde toujours active
Fait éclater contre les camps ;
Jamais la guerre en ces batailles
N'a vu placer sur les murailles
Un tel assemblage de fer ;
Jamais le sol pour sa défense
Ne vit de pareille puissance,
Et n'entendit ce feu d'enfer.

Des Français on voit les aigles
S'élancer de toutes parts,
D'Albion par les mêmes règles
Volent aussi les étendards.
Soldats ! l'assaut ! la charge sonne !
Vite en avant ! le canon tonne !
Allons surprendre Gortschakoff !
Trente mille vaillants Alcides,
Guidés par des chefs intrépides,
Enlèvent la tour Malakoff !

Bientôt un spectacle unique
Est donné par ces héros,

Surpassant la valeur antique
Des braves défenseurs de Tros,
Trois fois les Russes beaux de rage,
Désarmés et plein de courage,
Veulent repousser le vainqueur ;
Trois fois le Français invincible,
Corps à corps dans ce choc terrible,
Leur fait payer cher sa valeur.

De ce combat la victoire
Coûte cher aux alliés,
Des généraux couverts de gloire
Les noms seront-ils oubliés ?
Non, des héros morts pour la France !
Nous aurons toujours souvenance ;
Vivez mânes de Brancion,
De Saint-Pol, Rivet, de Marolles,
De Lourmel, Mayran, De Crussoles,
Bruat, Pontevès et Breton.

Si loin de votre patrie,
Loin du chalet paternel,
Loin d'une famille chérie
Repose votre corps mortel ;
Voyez la France vous honore !
Et le puissant Dieu qu'elle adore
Vous reçoit parmi vos aïeux.
Héros ! votre urne cinéraire,
Grandit sur la terre étrangère,
Et vous élève vers les cieux.

VI.

Paraissez, nobles cœurs ! vous soldats intrépides !
Guerrriers qui survivez à ce brillant combat,
Qui bravez le péril, laissant vos tombes vides
   Pour briller avec plus d'éclat ;
Vous braves Pélissier qui commandez l'armée,
   Bosquet dont la troupe animée
   Aux Russes porte la terreur.
D'Autemarre, Dulac, Levaillant, Lucinière,
De Salles, Mac-Mahon, Bourbaki, Chabrière,
   Lamotterouge et Lebanneur.

Et vous, nobles enfants, qui marchez sur leur trace,
Vous dont le dévouement égale la valeur ;
Nés du sang des héros, vous en avez l'audace,
   La générosité, le cœur ;
Vous récompenser tous n'était guère facile ;
   Hélas ! il est plus d'un Achille
   Qui n'a point obtenu de prix ;
Français, c'est qu'il faudrait dans leur magnificence
Que l'Empereur, l'Etat, votre chef et la France
   Donnent la croix à tous leurs fils.

Mais espérez toujours cette ville fumante
N'a point encore ouvert l'œil à son défenseur,
Voudrait-il encourir une haine infamante ?
   Demain reparaître oppresseur !

Continuez la guerre, il la veut, il l'appelle !
Domptez son âme rebelle,
Aux sages lois de l'Equité !
Oui, marchez de nouveau, terrassez ses cohortes,
De ses vastes Etats, fermez, scellez les portes,
Punissez son iniquité.

VII.

Puisque la lice est ouverte,
Volez donc braves guerriers !
Le Russe court à sa perte
Il vous couvre de lauriers;
Volez, soldats de la France !
La gloire est la récompense
Qui vous attend ici-bas ;
Volez, si la mort vous menace
Ce n'est qu'un souffle qui passe,
Que les grands cœurs ne craignent pas

Montrez au monde l'exemple,
Des plus sublimes vertus ;
Montrez que partout le temple
Existe du Dieu Jésus.
Soldats pieux de Marie !
Combattez pour la patrie !
Pour le droit des nations !
Du haut de la céleste sphère
Dieu vous garde sur la terre,
Comme ses saintes légions.

Vous dompterez l'autocrate
Qui fut vaincu sur l'Alma,
Que votre ardeur se dilate
Ainsi qu'à la Tschernaïa :
L'Eternel en vos phalanges
Souffle l'esprit de ses anges,
Par l'étendard de la Croix.
Soldats ! courage ! sous vos aigles
Il est de divines règles,
Vous vaincrez en suivant leurs lois.

VIII.

Nations, écoutez ! un Prince magnanime,
La voix de la justice en Napoléon Trois ;
Invitant les Etats par un appel sublime
A tenir un conseil de Rois,
Où l'honneur et le droit discutés sans contrainte,
Doit à l'un d'eux porter atteinte
Et décider lequel a tort ;
Et du juste parti que prenant la défense,
Ils décident du droit sans peur, ni préférence,
Et sans égard pour le plus fort.

IX.

Malédiction ! honte ! anathème ! vengeance !
Si de la paix le Czar refuse l'espérance,
Si la voix de Napoléon
Ne fait point dans le cœur de ce puissant monarque,
Vibrer le sentiment, que lui-même il lui marque ;
Maudit soit nouveau Lycaon !

Mais quoi ? l'obscure nuit a fait place à l'aurore,
La discorde s'enfuit dans son antre incolore,
      Loin des Rois et de leurs Etats.
Le Czar ouvre les yeux à la vive lumière,
Il reconnaît sa route, il change de carrière,
      Aux alliés il tend les bras.

Honneur à l'Empereur ! ce précieux génie,
Gloire à Napoléon ! si la guerre est finie !
      La France a repris sa splendeur :
Elle a dompté le Russe, elle a vengé Sinope,
Elle fait s'entr'aider les peuples de l'Europe ;
      Elle a reconquit sa grandeur !

Turquie, honneur à vous ! Piémont, France, Angleterre,
Honneur à vos héros ! nés du sein de la guerre.
      O valeureuses légions !
Vous avez reconquis vos droits et votre titre.
L'Europe vous regarde et vous nomme l'arbitre
      Et le soutien des nations.

Soldats, nobles guerriers ! bientôt de la patrie
Vous reverrez le sol, votre terre chérie,
      Grandir à l'ombre de la paix :
Mais ils se souviendront que c'est par votre ouvrage,
Par vos rudes travaux, votre mâle courage,
      Qu'ils possèdent tous ces bienfaits.

Saint-Vrain, le 7 février 1856.

                A.-F. GÉRARD.

LA PAIX.

ODE.

I.

Plus de canons, de bataille,
Plus de lances pour frapper,
Plus de boulets, de mitraille,
Plus de ruse pour tromper,
Par de vaillants stratagêmes.
Mars retire tes emblêmes,
Que la paix nous fait haïr.
Maintenant que l'équilibre
Européen reste libre,
Salut repos et loisir !

II.

O triomphe ! ô victoire ! ô Bellone ! vaincue,
Contrainte, tu t'enfuis chassée à notre vue;
　　On te hais dans toutes les cours,
Les salves du canon annoncent ta défaite ;
Les Puissances d'accord, la France satisfaite
　　Vont goûter et jouir du cours,
　　　De bien beaux jours !
Viens superbe Printemps ! ton soleil qui commence,
Et le rameau de paix nous donnent l'assurance,
　　　De leur concours !

Ecoutez, et déjà, les fanfares bourdonnent ;
Ecoutez, écoutez, partout les canons tonnent,
    Partout ils ébranlent les airs.
Du Congrès de Paris, la sentence raisonne ;
Le signal de la paix sur la terre rayonne ;
    Dans tous les royaumes divers,
      Par des concerts !
Et sa décision prompte comme la foudre,
A fait sortir l'Eden du problême à résoudre,
    Non les Enfers !

Il semblerait, déjà, que l'allouette heureuse
Fait, comme nous, entendre une voix plus joyeuse,
    Un hymne plus harmonieux ;
Et que volant plus haut, vers la céleste sphère,
Elle va dire à Dieu, le canon de la guerre
    A cessé ses funestes feux ,
      Ses coups affreux ;
S'il retentit encore, ô Dieu ! c'est pour ta gloire ;
Pour graver tes bienfaits aux fastes de l'histoire,
    Comme en tous lieux !

III.

Merci, merci, candide messagère,
Vas, redescends dans ton humble fougère,
Sur les guérets aimables de Cérès ,
Et redis leurs, combien grande est ma joie ,
Que ma bonté leur ouvre une autre voie,
Loin de la guerre et loin de ses excès.

IV.

Rois et peuples divers, unissez-vous ensemble ;
Qu'un accord mutuel pour toujours vous rassemble ,
    Par les mêmes bienfaits.
Et le pacte juré sur la main de justice,
Devenant, chaque jour, de plus en plus propice,
    Comblera vos souhaits.

V.

Oh ! oui, charmante paix, délices de la terre,
Heureuse enfant du ciel et que Dieu nous donna ;
Toi, mère du bonheur, des plaisirs qu'on espère,
    Et que Bellone profana ;
Viens, conseiller les Rois, donner l'espoir aux villes,
    Rendre les campagnes fertiles,
    Protéger labeurs et loisirs ;
Laisser au père un fils, un enfant à sa mère,
Un membre à la famille, à cette sœur un frère ;
    A tous espérance et plaisirs !

Viens, redonner l'essor, la sève à l'industrie,
Stimuler les talents et raviver les arts ;
Répandre le bien-être au sein de la patrie,
    A l'abri sous tes étendards :
Donne, au cultivateur, le goût de la nature,
    Pour embellir l'agriculture
    Première artère de l'Etat ;
Donne, au progrès, le temps de murir ses ouvrages,

D'asseoir son édifice assez loin des nuages,
    Que le moindre des vents abat.

VI.

Qui donc nous la donna, cette paix bienfaitrice !
Un mortel, des Français, l'amour et le délice,
    En fut l'appui, le protecteur !
Après avoir vaincu les hordes de Russie ;
Abaisser leur orgueil et leur suprématie,
    Dieu lui donne un fils, noble cœur !
    La paix ! l'honneur !
Et pour parler ainsi que parlera l'histoire ;
Ici, Napoléon, vous trouverez la gloire !
    Là, le bonheur !

Saint-Vrain, le 6 avril 1856,

A.-F. GÉRARD.

LA PENSÉE.

ODE.

Quelle est cette puissante sève ?
Qui sans cesse revit en moi,
Qui me terrasse, me soulève
Et m'assujétit à sa loi ;
Qui, comme la vive hirondelle,
M'effleure du bout de son aile,
M'anime et parfois m'affaiblit ;
Tantôt folle, tantôt sensée,
Avare ou désintéressée
Et plus volage que l'esprit.

Plus ou moins on goûte ses charmes,
Plus ou moins on sent ses chagrins;
De l'un elle tarit les larmes,
De l'autre elle guide les mains ;
La Pensée au loin dans l'espace,
Monte, descend, vole sans trace,
S'évaporant en jets divers ;
Elle lance dans l'étendue
Ses rayons par delà la nue,
Comme au plus profond des Enfers.

Sa force en tous sens tourbillonne,
Elle éclate ou coule sans bruit ;
Et sans frein elle s'abandonne
Egare ou dirige l'esprit ;
Si parfois elle est son esclave,

Elle aussi peut porter entrave
A ses nobles élancements ;
Si de son pouvoir elle est née,
Par sa sagesse instantanée
Elle règle ses mouvements.

Oh ! combien, ici-bas, elle console d'âmes ;
Par sa faute combien de mortels sont trompés ;
Elle aiguise ou combat les plus coupables trames
Les cœurs par elle sont frappés :
Elle apporte parfois des douceurs sans mélanges,
Telle qu'en reçoivent les anges
Dans les saintes splendeurs du ciel !
Elle est bonne et, tantôt, mauvaise nourriture
Suivant comme l'esprit dirige sa nature,
Comme elle distille de fiel.

Elle fait revoir aux hommes,
Le passé dans le souvenir ;
Et dans le siècle où nous sommes,
Elle empiète sur l'avenir ;
Elle est pour tous l'existence,
Et non point la réalité ;
Elle se meut sans constance
Dans un cercle de vanité :
On voit l'univers immense
En vain fixer sa science,
Car son pouvoir est limité
Aux portes de l'Eternité.

12 décembre 1855.   A.-F. Gérard.

A LOUIS-NAPOLÉON.

L'Empire est proclamé ! votre auguste personne
Sur son front désormais doit poser la couronne ;
Votre oncle vous légua ce fardeau précieux,
Environné d'écueils, de titres glorieux ;
Tout ce qui peut orner l'éclat d'un diadême,
Tout ce qui pouvait nuire à ce règne qu'on aime
Semblaient être naguère au titre impérial
L'un et l'autre attachés comme un bandeau fatal,
Entre la France et vous, semblaient être un obstacle
Difficile à franchir, sans l'aide d'un miracle :
L'écueil a disparu. Vous êtes Empereur !
Que Dieu joigne à ce titre un éternel bonheur ;
Lui seul, en février, par des mains magnanimes (*)
A sauvé la patrie, évité bien des crimes ;
Lui seul, peut-être aussi, protégeant vos succès
Par vous, au deux décembre, a sauvé les Français ;
Qu'il guide, qu'il éclaire à jamais le génie
Qui, dans ces mauvais jours, au péril de sa vie,
Par le prestige heureux et l'éclat de son nom,
Sauva la France en pleurs par Louis-Napoléon !
Vive l'Empereur ! oui, c'est la voix de la Erance,
Redemandant un règne heureux, plein d'espérance,
Et recherchant des jours plus sereins et plus beaux,
Un abri contre ceux qui troublaient son repos.

(*) Lamartine.

Oui, vive l'Empereur ! c'est d'une ère nouvelle,
L'inauguration et l'estime fidèle
Du règne de votre oncle et du nom glorieux
Dont le titre a grandi celui de nos aïeux,
Et qui fit leur bonheur en dépit de la guerre,
Par les sublimes lois dont il dota la terre.

Vive l'Empereur ! c'est de la religion
Reconnaître ici-bas la noble mission,
C'est de notre Sauveur propager la doctrine ;
C'est à l'homme enseigner sa céleste origine,
Des devoirs sociaux lui montrer la raison ;
C'est tracer aux mortels un illustre horizon.

Vive l'Empereur ! oui, c'est un mot sans sophisme ;
C'est un mot d'espérance et non de communisme.

Oui, l'Empire est le cri qui retentit partout,
C'est l'ordre, c'est la paix, c'est le bien avant tout ;
C'est l'espoir des enfants, le bonheur des familles,
L'avenir des garçons, l'amour des jeunes filles ;
Ce sont mille souhaits à de nouveaux époux,
Dont quelques-uns pourront s'élever jusqu'à vous !

L'Empire c'est la fin de la guerre civile ;
C'est pour chacun de nous un refuge, un asile,
Un repos, un abri, que le peuple voulut ;
Une force solide, un ancre de salut !

Empereur ! regardez, succédant à l'orage,
Parmi les nautonniers échappés au naufrage,
Les sentiments des vœux, que pour vous ils ont faits ;
Vous jugerez du prix qu'on donne à vos bienfaits.
Si vous voyiez, Seigneur, du cœur le plus aimable,

Prier le Ciel pour vous, ce sexe charitable,
Ce sexe qui toujours sut dominer sur nous ;
Qui sait si bien de Dieu désarmer le courroux ;
Dont les nobles vertus, l'angélique parole,
Font vibrer notre cœur, l'exalte, le console :
Jeunes filles, pour lui, priez Dieu chaque jour ;
L'Empereur des Français mérite votre amour ;
Et le Dieu qui nous voit, le Dieu de l'innocence,
Écoutera la voix de votre sainte enfance.
Si vous voyiez encor, les enfants, les vieillards,
Aussi pour vous au ciel élever leurs regards ;
Les uns sanctifiés par des travaux pénibles,
Et les autres des cieux encore anges paisibles,
Implorant du Très-Haut appui, protection,
Pour vous, pour la patrie et la religion :
Leurs vœux sont écoutés : l'un et l'autre hémisphère
Se souviennent du nom qui fit trembler la terre,
Et par un bon esprit, pour leur peuple et pour nous,
Resserrent les liens qui nous unissent tous.

   Oh ! oui, si vous voyiez, à l'ombre sous vos ailes,
Le peuple tressaillir de vos bonnes nouvelles ;
L'un par l'autre excité, par votre noble ardeur ;
Péoccupé de vous, chanter votre grandeur,
Vous verriez quel espoir donne votre personne ;
La paix comme la guerre illustre la couronne ;
Non, la guerre n'est pas au fond de vos projets ;
Vous maintiendrez les droits, l'honneur de vos sujets ;
Vous soutiendrez le vôtre, et si jamais l'insulte
Soit à notre drapeau, soit à notre beau culte,

Venait par l'étranger atteindre à notre honneur,
Profaner notre sol, menacer son bonheur,
Le peuple alors debout, ne craignant point la balle,
Criera : Vivent la France et l'aigle impériale !

Mais on dit, que l'Empire au Cosaque est vendu,
Non jamais ! il sait trop tout ce qu'il a perdu ;
Et s'il se proposait d'anéantir la France,
Il pourait payer cher son ignoble imprudence
Eh ! qui donc oserait du règne impérial,
Préméditer la chute, en donner le signal,
Sans qu'il rêve pour lui sa chute et sa ruine,
Et pour tous la discorde, un siècle de rapine !

Oui, réjouissez-vous, peuple laborieux !
De Napoléon III, voici le règne heureux !
Il commence, et le Ciel désarme sa colère,
Et le sol se rassure, et l'industrie espère ;
En lui la France voit son plus grand protecteur,
Le riche son soutien, le pauvre un bienfaiteur !
Puisse le Ciel aussi, qui fait notre espérance,
Protéger votre vie, aimer toujours la France,
Que l'on chante à jamais, au lieu d'un *Requiem*,
Le Domine salvum fac imperatorem !
Et nous aurons des jours, de bonheur et de joie ;
Et votre peuple en paix ne sera plus en proie
A mille illusions, au massacre impuni,
Votre nom glorieux par tous sera béni !

Saint-Vrain, le 24 décembre 1852.

A.-F. Gérard.

L'EMPEREUR A LYON.

INONDATION.

————◆————

ODE.

Au coup du canon de détresse
Il est parti le demi-dieu,
Il quitte cour, joie, allégresse,
Il vole partout en tout lieu ;
Il quitte honneurs, il quitte fête,
Il court aux lieux où la tempête
Vomit le danger en son cours,
Il voit la vase qui bouillonne
Couvrant les champs qu'elle sillonne,
Lyon, criant : secours! secours!!!

Au sein de la ville affligée
Il entre; ô spectacle effrayant,
Partout la digue submergée
Livre passage à l'eau fuyant,
Ici c'est celle de la Saône
Et plus loin le trop plein du Rhône
Qui franchissent chaque côté
Malgré les familles en larmes,
Un nom dissipe les alarmes,
Napoléon, dans la Cité !

A ce cri, malgré les ravages
Se succédant de toutes parts,
On ne voit plus qu'espoir, hommages
Mêlés de pleurs dans les regards,
Car de l'Empereur, la présence
Est comme une autre Providence
Apportant le salut à tous.
Partout cette heureuse nouvelle
Ranime l'ardeur et le zèle
Rend le péril même plus doux.

A côté des pâles victimes
Il veut combattre le fléau;
Il porte ses soins magnanimes
Partout sur ce triste tableau.
Il veut connaître par lui-même,
Au milieu d'un danger suprême,
Ce que l'on peut exécuter
Pour garantir le plus possible,
Contre le torrent inflexible,
Les endroits las de résister.

Sa voix ravive le courage
Du peuple un instant abattu,
Il l'entraîne sur son passage
Par l'exemple de sa vertu.
Déjà pour ranimer la foule
Il semblerait que l'eau s'écoule

Et disparaît loin devant lui ;
L'astre du jour à son approche
Brille aux cieux et de proche en proche
Semble lui prêter son appui.

En effet depuis six semaines
On ne voit qu'un ciel pluvieux,
Comme si les lois souveraines
Permettaient de fondre les cieux
Et d'inonder tout sur la terre.
Mais non, jamais : dans sa colère
Chérissons le bras du Très-Haut
Qui donne au maître de la France
Lieu de prouver sa bienfaisance,
Toi d'apprendre ce qu'elle vaut.

Oui Lyon ta peine est finie
Car l'Empereur a dû songer,
Par le coup-d'œil de son génie,
A prévenir pareil danger.
Par lui, si l'ouvrage est possible
On verra le Rhône inflexible
Mugir retenu dans son lit,
On verra la Loire indomptable,
Pareille au fleuve de la fable,
Ne plus commettre de délit.

Et c'est alors que l'industrie,
Que le peuple reconnaissant,

Au bienfaiteur de la patrie
Devront cet ouvrage puissant.
C'est alors que mille richesses
Pourront, sur les quais, sans prouesses.
Sans crainte aisément séjourner;
C'est alors que la France entière,
Domptant enfin fleuve et rivière,
Pourra près d'eux se promener !

Oh ! oui, que de nobles pensées
Germent sans cesse en l'Empereur,
Qui l'une par l'autre pressées
Laissent partout croître une fleur,
Ici , celle de l'espérance,
Celle qui console la France;
Là, dans ce Paris enchanté,
La ville de tant de merveilles
Dont le bruit frappe nos oreilles,
Celle de la réalité.

Heureux le vertueux Monarque
Dont chaque pas est pour le bien,
Digne des hommes de Plutarque,
A de plus la foi du chrétien ;
Qui donne aux personnes bien nées,
Ainsi qu'aux têtes couronnées,
L'exemple de sécher les pleurs ;
Et pour prix de sa bienfaisance,

Reçoit notre reconnaissance,
Dans un Océan de douleurs.

Courage ! enfin, toujours courage !
Oh ! qu'il vive le demi-dieu
Qui sait faire un si noble usage
Du pouvoir qu'il a dans ce lieu.
Oh ! oui, qu'il dirige l'Empire,
Tel que le pilote un navire,
Par l'adresse et l'habileté;
Qu'après la France glorieuse
Vienne la France bienheureuse
Par ses vertus et sa bonté !

Saint-Vrain, le 8 juin 1856. A. F. GÉRARD.

Vitry, Imp. BITSCH.

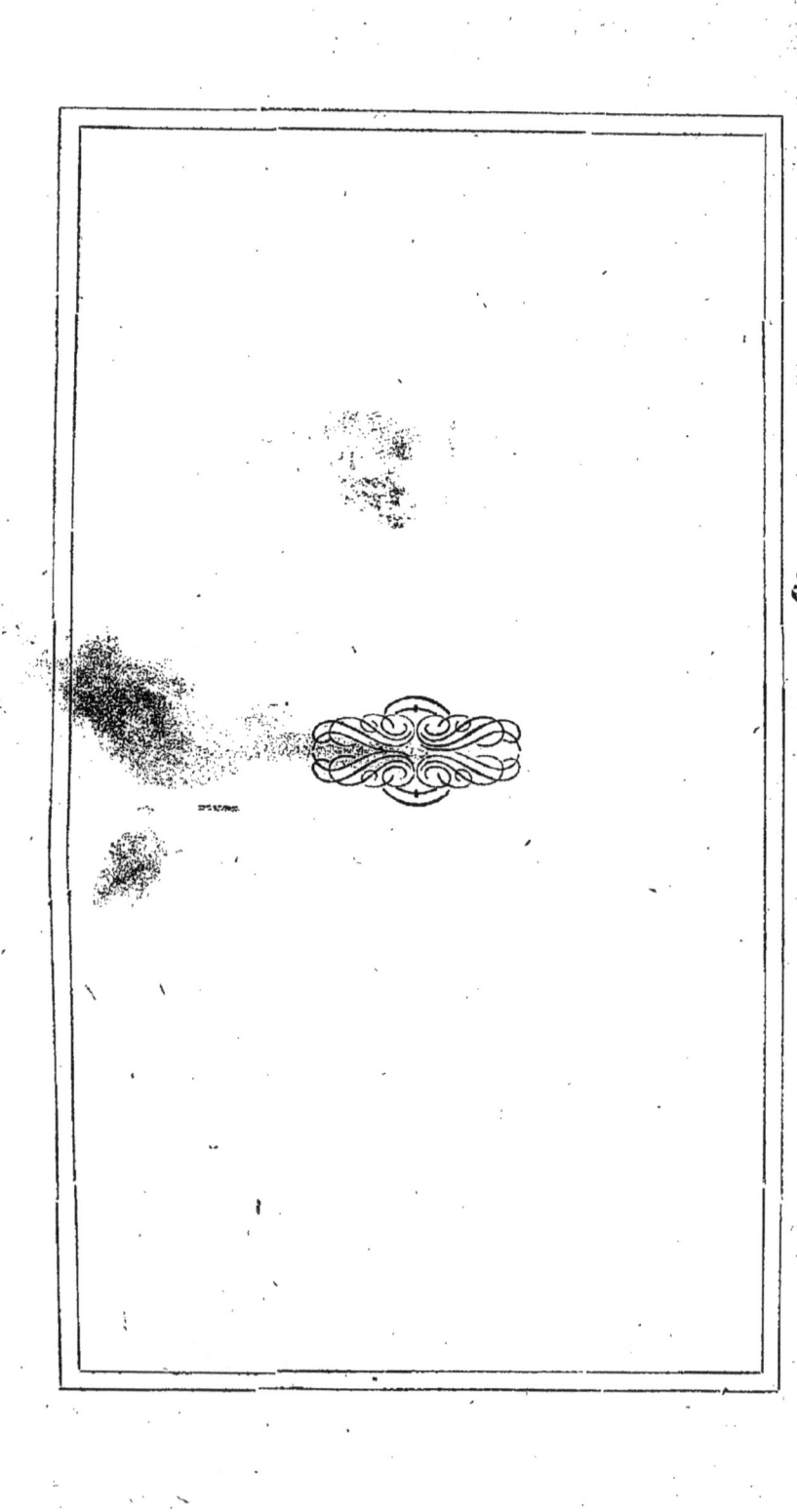